www.tredition.de

AF197544

Sabine Pitschula

Pilates Sonnen Reisen

Wege zur Entspannung, Stressbewältigung und Krankheitsmanagement

© 2017 Sabine Pitschula
Merlin2138@googlemail.com

Verlag: tredition GmbH, Hamburg

ISBN
Paperback: 978-3-7345-9004-7
Hardcover: 978-3-7345-9005-4
e-Book: 978-3-7345-9006-1

Printed in Germany

Inhalt

STRESS

Stress ist als Beanspruchung des Menschen durch innere und äußere Reize oder Belastungen definiert. Diese können sowohl auf den Körper als auch die Psyche des Menschen einwirken und letztlich als positiv oder negativ empfunden werden oder sich auswirken. Die Bewältigung der Beanspruchung ist von den persönlichen (auch gesundheitlichen) Eigenschaften und kognitiven Fähigkeiten der Person abhängig und wird auch Coping genannt. Reaktionsweisen sind z. B. Aggression, Flucht, Verhaltensalternativen, Akzeptanz, Änderung der Bedingung oder Verleugnung der Situation.

Als „positiver Stress" werden diejenigen Stressoren bezeichnet, die den Organismus zwar beanspruchen, sich dennoch positiv auswirken. Positiver Stress erhöht die Aufmerksamkeit und fördert die Leistungsfähigkeit des

Körpers. Er tritt beispielsweise auf, wenn ein Mensch zu bestimmten Leistungen motiviert ist, dann Zeit und Möglichkeiten hat, sich darauf vorzubereiten oder auch wenn eine Krisensituation oder Krankheit dennoch positiv angegangen, überwunden werden kann.

Stress wird erst dann negativ empfunden und ist dann schädlich, wenn er

1. oft oder dauerhaft auftritt
2. und körperlich und/oder psychisch nicht kompensiert werden kann und
3. deshalb als unangenehm, bedrohlich oder überfordernd gewertet wird.

Negative Auswirkungen treten dann auf, wenn eine Person (auch durch ihre Interpretation der Reize) keine Alternativen der Handlung sieht oder hat.

Beispiele dafür sind z.B. eine trotz Ärztebesuch unklare oder nicht anerkannte Erkrankung, eine durch die soziale Situation unerträgliche Belastung (Armut) ohne Möglichkeit zum Geldverdienen, o. ä. In diesem Fall kann negativer Stress gegebenenfalls durch geeignete Hilfen oder Stressbewältigungsstrategien verhindert werden.

Entspannungsverfahren sind eine Methode, die man erlernen und praktizieren kann um hier auch in ausweglosen Situationen dem „Stress" etwas entgegenzusetzen.

Bei allen chronischen Erkrankungen ist dies unerlässlich, weil der Körper allein durch die Erkrankung bereits inneren Stressfaktoren ausgesetzt ist, und so eine Dauerspirale entsteht. Mit inneren Bildern und Achtsamkeit kann man Ressourcen aufbauen, die einer Erkran-

kung etwas entgegen setzen können und damit psy-

chisch sehr wohltuend sind.

Innerer zusätzlicher Stress entsteht durch fehlerhafte Bewertungen

Bewertungsfallen

absolute Erwartungen („ich muss alles 100%ig machen") – z.B. alle Anforderungen der Ärzte erfüllen oder Ernährungsregeln befolgen.

niedrige Frustrationstoleranz („das halte ich nicht aus"), durch dauerhafte Schmerzen oder wiederkehrende, invasive Untersuchungen oder Hospitalisation.

Katastrophendenken („das ist ja grauenvoll"), verstärkt Ängste und Ohnmacht, die durch eine Krankheit sowieso sehr präsent sind.

globale negative Selbstbewertung („ich bin ein Nichts"), durch Verluste die durch die Erkrankung erforderlich wurden so z.B. Arbeit und Status oder Freunde und Hobbys.

globale negative Fremdbewertung („der/ die taugt nichts"), bzw. soziale Ängste davor, daß zwangsläufig aufgrund einer Erkrankung die Umwelt diese Entwertungen vornimmt

schwer erfüllbare Erwartungen an sich oder Andere, weil z.B. von Ärzten oder Therapeuten mehr erwartet wird, als möglich ist oder weil man weiterhin arbeiten muss bzw. von der Umwelt kompetenter gewertet wird als man es tatsächlich ist.

Mögliche Gefühle/Gedanken als Folge irrationaler Bewertungen

Selbstzweifel

Angst / Unbehagen

Feindseligkeit/ Wut

Wehleidigkeit

Niedergeschlagenheit/ Depression

Schuldgefühle

Möglichkeiten die (irrationalen) Bewertungen zu hinterfragen:

Warum muss/ soll/en ich/ andere ?

Hilft mir meine Bewertung, mich so zu fühlen und zu verhalten, wie ich gerne   möchte?

Was würde ich einem Freund raten, der das gleiche Problem hat?

Kann ich auf Dauer den hohen Erwartungen/ Anforderungen entsprechen?

Was macht mich zum „Übermenschen"?

Was könnte im schlimmsten Fall geschehen?

Wer hat etwas davon wenn ich mich hinreißen lasse über meine Grenzen zu gehen.

Was sind meine Ziele und kann ich die in Einklang bringen?

Welche „inneren Antreiber" treiben mich, gegen meinen Körper oder meine Überzeugung zu handeln?

Was ist „JETZT" genau in diesem Moment eine sinnvolle Handlung?

Vor allem aber!!

STOP!!!

Veränderung der negativen Selbstaussagen in positive und förderliche Selbstgespräche:

Negative Selbstaussage / Positive Selbstaussage

1. Vor der Stresssituation

„Das wird schief gehen ..."/„Ich gebe mein Bestes!!"

„Ich weiß nicht, wie ich das schaffen soll ..." /Ich mache einen Plan und teile meine Kraft ein."

„Das kann ich nie ..." / „Ich mache den ersten Teil meines Planes und dann Schritt für Schritt weiter."

„Du liebe Zeit, was da wieder auf mich zukommt ..." /

„Ich freue mich drauf und lerne draus!"

2. In der Stresssituation

„Ich werde schon wieder nervös ..." /„Nur ruhig, entspann Dich ..."

„Mein Herz rast ..." /„Bleib ruhig ..."

„Die Angst wird mich überwältigen ..." /

„Ich kann Erregung nicht verhindern, aber steuern ...“

„Streng dich einfach noch mehr an!!“/„Ich darf

alles in meinem Tempo und mit meiner Kraft erledigen!“

3. Nach der Stresssituation

„Ich habe versagt ...“ /„Es war besser als ich

gedacht habe ...“

„Ich möchte es so gerne allen Recht machen“ /

„Meine Bedürfnisse sind genauso wichtig wie die der

Anderen.“

„wie mache ich das wieder gut?“
„Ich bin unsicher ...“ /„Ich habe aus der Situation

gelernt, und werde dies in Zukunft beachten!“

<u>Veränderung durch innere Bilder:</u>

Durch innere Bilder, und die Vorstellung, bis hin zur

„mentalen Einbildung“ wirklich „Sinnesreize“ zu erle-

ben, kann man erhebliche Veränderungen erreichen.

Im Sport wird das als „mentales Training" schon Jahr-zehnte praktiziert. Die Berater und Coaching Szene hat es in den letzten Jahren für sich entdeckt und trägt dem Rechnung indem „Visualisiert" wird, was das Zeug hält.

Eine Möglichkeit ist das schriftliche fixieren, Verträge mit sich machen, Plakate gestalten oder Wunsch- Kol-lagen zu erstellen, damit die Dinge die man erstrebt und wünscht einen Weg finden realisiert zu werden.

Auch in einer Krankheit sind innere Bilder heilsame Quellen und dienen dazu, Abstand von vielen Ärgernis-sen und Ohnmachtssituationen zu gewinnen.

In der eigenen Phantasie und in den eignen inneren Bil-dern, kann man unversehrt sein, maßlos in den eigenen Wünschen werden, Grenzen überwinden.

Ein Prinzip der Pilates Methode ist das Prinzip der „Ima-gination", d.h. das Training nach der Pilates Methode nutzt durch präzise Anweisungen des Trainers und das

Zusammenspiel von Atmung und Bewegung sowie Bilder die verinnerlicht werden, dieses Imaginationsprinzip. Dadurch entsteht ein verändertes Körperbild und eine veränderte Körperwahrnehmung, so dass Bewegung wieder fließend und ökonomisch werden kann.

Durch das ritualisiert aufgebaute „Setting" stellt sich eine Konditionieren ein, so dass sich zumeist nach einigen Vorübungen, bereits bei den anfänglichen Atemübungen tiefe Ruhe und Entspannung ausbreitet.

Atmung, innere Bilder und sanftes Dehnen oder Strecken, bzw. zu Hilfenahme von Igelbällen oder Tennis Bällen kann sogar Schmerzen reduzieren.

Dies versöhnt die eigene Leiblichkeit, die durch Krankheiten sehr erschüttert wird.

Dies sichert Wohlbefinden und möglicherweise unterstützt es die Heilung, da man sehr massiv mit den eigenen inneren Bildern Selbstheilungskräfte mobilisiert.

Als Einstieg wähle ich Bilder aus der Natur, die die meisten Menschen mit angenehmen Situationen verbinden, Um den Rhythmus zu unterstreichen dem alles letzten Endes unterliegt, wählte ich die vier Jahreszeiten mit ihren Entsprechungen Aufbruch, Frische, Freude über das Hochstehen der Sonne hin zum Reifen und ernten, was aber gleichzeitig auch das Vergehen und das Wieder einkehren bedeutet.

Hat man diese Geschichten für sich einmal „ritualisiert" kann man darauf aufbauend in der Entspannung mit vielen eigenen Bildern arbeiten und auch Ziele „visualisieren".

Dazu schreibt man die Geschichte weiter, oder man macht sich angenehme Musik an und lässt sich von den Klängen mitnehmen, bis sich vielleicht Bilder einstellen.

Hilfreich kann auch sein ein schönes Bild mit einem Foto von sich selbst machen, alle Wünsche aus Zeitungen oder Katalogen auszuschneiden und sie in eine Wunschbox zu füllen, die Zeit der Entspannung dann nutzen Gedanken an diese Bilder nachzugehen und sich vorzustellen, wie sich es anfühlt, wie es riecht, wie es schmeckt und was man sieht und hört, wen man genau dort ist, wo die Wünsche oder inneren Bilder einen so hintreiben!!

Schritte auf ihrem Weg

1. Setzen sie sich ein Ziel!

2. Verbinden sie sich mit dem Ziel, d.h. nicht „Ich versuchs mal", oder „Ich probier mein Bestes" nein, verpflichten sie sich!

3. Kehren sie immer wieder zurück, selbst wenn die Erkrankung sie zurück wirft oder zeitliche Bedingungen nicht optimal sind. Fangen sie immer wieder an.

4. Schätzen sie sich selbst!

5. Würdigen sie das positive und lassen das negative links liegen!

6. Danken sie jeden Abend für den Tag und Nehmen jeden Morgen den Tag wie ein unbeschriebenes Blatt an!

7. Umgeben sie sich mit liebevollen Menschen und Menschen die sie respektieren.

8. Lassen sie alles los was sie verletzt und beschwert hat.

PILATES ALS METHODE DES STRESSMANAGEMENTS

Die Pilates-Methode, ist ein systematisches Ganzkörpertraining zur Kräftigung der Muskulatur, primär von Beckenboden-, Bauch- und Rückenmuskulatur.

Dabei sind im Wesentlichen folgende sechs Prinzipien führend

- Konzentration
- Zentrierung
- Kontrolle
- Atmung
- Präzision
- Fluss
- Imagination

Erfunden hat es Joseph Hubert Pilates. Er nannte seine Methode zunächst *Contrology*, da es bei Pilates darum geht, die **Muskeln mit Hilfe des Geistes zu steuern**. Dies ist für kranke oder behinderte Menschen genau der

Schatz. Vielleicht kann man nicht mehr alles an Bewegungen – verglichen mit gesunden- ausführen, aber man kann Bewegung denken!

Bestimmt ist es möglich noch ein oder zwei Bewegungen auszuführen, und nun kann mithilfe dieser Methode, das so präzise gedacht und danach getan werden, das sich durch die Harmonisierung von Bewegungsabläufen vielleicht wieder ein Mehr an Bewegung ergibt.

Da zu Anfang einer jeden Bewegung, diese immer erst „gedacht" wird, und dann in Ihrer Präzision nach den Prinzipien kontrolliert ausgeführt wird, ist bei Pilates auch sehr stark der Moment der Imagination vorherrschend und das macht die Verbindung von Phantasiereisen und Elementen des autogenen Trainings mit den Prinzipien der Pilates Methode so wertvoll. Hier fließen das mentale Training und das körperliche Training dann fast spielerisch ineinander und obgleich die Muskeln angesteuert und „bearbeitet" werden, fühlt es sich nicht so an.

Ich wähle immer nur drei Übungen pro Sequenz, man kann das steigern oder reduzieren und so dem Leistungsstand anpassen. Die Ritualisierung der Atmung und das Verbinden von Atmung und innerer Zentrierung ist zunächst das wichtigste. Das geht irgendwann in Fleisch und Blut über und ist die Grundlage dieser Bewegungsform. Darauf können dann alle Arten Übungen aufgebaut werden. Drumherum kann man allerlei Geschichten bauen und durch Ruhe und Wärmeformeln aus dem autogenen Training, die Entspannung und Vertiefung fördern. So kann auch gut mit Kindern gearbeitet werden.

Entspannung und positive Grundhaltung können durch innere Bilder und Körperbilder verändert werden.

Kleine Veränderungen können so zu einer anderen emotionalen Haltung dem Leben gegenüber führen.

Dies ist unabhängig von Finanzen, Behinderungen und Erkrankungen, die Beschäftigung mit positiven Bildern und das gleichzeitige Ansteuern des eigenen Körpers, bewirkt nachhaltige Änderungen.

Wie glückliche und schöne Momente sich anfühlen, kennt jeder, meist sind schöne und glückliche Momente mit Naturbildern oder Bildern von Wohlbehagen verbunden, daher nutze ich die Bilder WALD, KAMINFEUER, STRAND und WIESE.

Verbunden mit unterschiedlichen Grundpositionen aus der Pilates Methode (Liegen, Sitzen und Stehen), und das gezielte Aufrichten und verändern der Körperhaltung kommt ursprünglich aus dem Embodiment.

Es bedeutet eigentlich nur, das ein Zusammenhang zwischen Haltung und Stimmung oder Emotionen besteht, diese sich wechselseitig beeinflussen.

Im Stress ziehen wir automatisch eher die Schultern hoch oder atmen flach was auf lange Sicht, sich bis hin zu Fehlhaltungen auswirkt.

In guter Laune und mit angenehmen Menschen umgeben, halten wir uns aufrechter und sind oft präsenter und wirken dann auch anders.

Das vielzitierte Achtsamkeitstraining ist nichts anderes als eine behutsame Selbstbeobachtung und Beachtung der Rückwirkungen auf den Körper.

Durch solche Methoden kann sehr wirksam gegen Stress und auch gegen Schmerzen vorgegangen werden.

So erweitern sie ihre „Ressourcen" und die äußeren Bedingungen können dann zwar schwierig sein, aber ihre innere Haltung sichert Ihnen dem etwas zu entgegnen.

Außerdem bedeutet regelmäßiges Üben, lernpsychologisch eine Konditionierung.

Das bedeutet, das sich bereits beim Atmen in bestimmter Folge oder bei bestimmten ritualisierten Übungen irgendwann Entspannung von selbst einstellt.

Da in der Pilates Methode auch eine bewusste Atmung genutzt wird kommt es zu folgenden physiologischen Veränderungen:

-Verbessserung des Sauerstoffumsatzes

-Absenkung von Cortisol im Körper

-Senkung des Blutdrucks

-Hormonelle Harmonisierung

Und zusammen mit einem regelmäßigen Ausdauer Trainings kann sogar ein Absenken des Cholesterins erreicht werden.

Die Versenkung in sich selbst führt im Gehirn dazu, daß Oxytocin und Dopamin führt, dies führt zu positiven emotionalen Zuständen.

Negative Bewertungen werden somit reduziert.

Es kann eine Aussöhnung mit dem eigenen Körper erfolgen, da dieser wieder als angenehmer Ort und Quelle des Wohlgefühls erlebt wird und nicht wie so oft durch Erkrankungen ausgelöst, als ein Ort des Schmerzes und der Beschränkung.

Frühling

Konzentriere dich zunächst auf deine Atmung.

Atme tief ein und halte dann die Luft an (zähle bis 4 -5-6-7 oder 8)

Atme langsam gegen die Lippenbremse aus, wenn alle Luft aus der Lunge entwichen ist

Halte erneut die Luft an (zähle erneut bis 4-5-6-7- oder 8).

Atme wieder ein und mache 3-4- normale Atemzüge und wiederhole alles noch 2-3 Mal.

Danach lass deinen Atem kommen und gehen.

Richte dich auf deiner Unterlage aus, du liegst auf dem Rücken, die Füße sind auf dem Boden, die Knie zeigen zur Decke, zwischen die Füße und die Knie passt ein kleiner Ball.

Du schaukelst nun dein Becken vor und zurück, stell dir vor, dort ist eine Schale mit Wasser, du wiegst das Wasser sanft hin und her ohne es zu verschütten.

Deine Schulterblätter liegen auf dem Boden, zieh sie weit weg von den Ohren, breite deine Arme aus und lasse deine Hände zur Decke zeigen.

Stell dir vor am Scheitel hast du einen Faden dort zieht jemand nun sanft und deine Halswirbelsäule streckt sich etwas.

Atme ein, beim Ausatmen schließt du sanft alle Körperöffnungen und ziehst deinen Bauchnabel nach innen.

Versuche nun diese Spannung zu halten und atme erneut ein. Beim ausatmen schließt du alle Körperöffnungen und der Bauchnabel zieht nach innen.

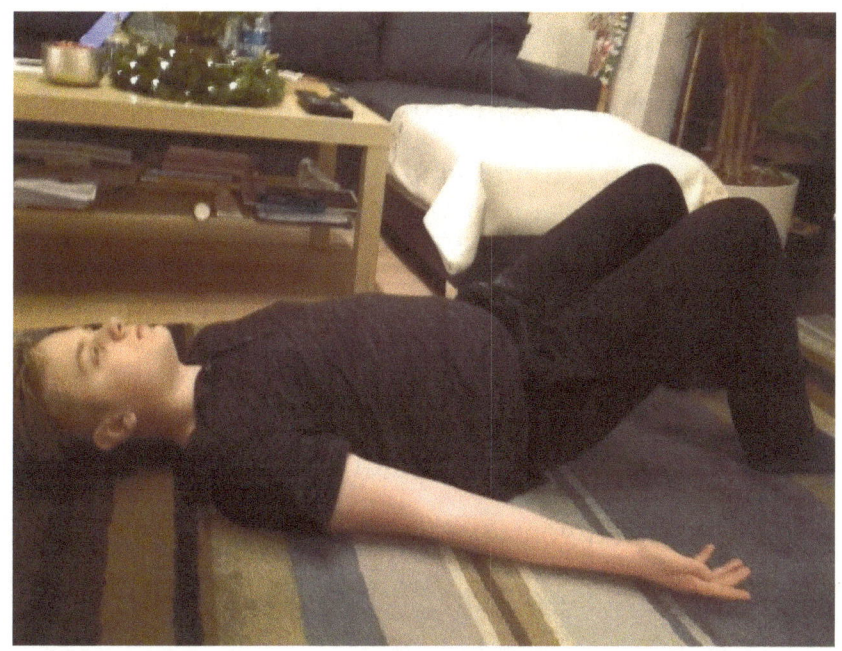

Schließe nun deine Augen und gehe auf eine Innere Reise….

Stell dir vor du bist auf einer Waldwiese und liegst dort auf einer Holzbank. Du hast eine warme und weiche Unterlage dabei, Du spürst wie du ganz bequem in das warme und weiche einsinkst.

Alle Gedanken und Sorgen sind gleichgültig.

Alle Geräusche sind gleichgültig.

Du hörst nur die Vögel die in allen Tonlagen um dich herum zwitschern. Irgendwo in der Ferne plätschert ein Bach. Ab und zu brummt eine Hummel vorbei – Schmetterlinge tanzen auf Blüten. Dir Frühlingssonne scheint warm und du spürst diese Wärme auf deinem Gesicht und deiner Haut.

Du atmest ein und beim ausatmen schließt du wieder die Körperöffnungen und ziehst den Bauchnabel nach innen. Du hälst diese Grundspannung.

Die Frühlingssonne scheint angenehm warm auf deine Haut und du spürst wie sich die Wärme in deinem Körper ausbreitet. Du atmest und hälst deine innere Spannung.

Bis in deine Fingerspitzen und Fußzehen breitet sich die Wärme angenehm aus.

Alle Gedanken und alle Sorgen sind Gleichgültig.

Du bist angenehm warm und angenehm schwer.

Mit jedem Ausatmen lässt du jedes Mal Gedanken die dich noch stören oder Geräusche die dich ablenken los..

Dein Körper fühlt sich angenehm warm und angenehm weich an.

Mit jedem Ausatmen lässt du dich immer tiefer in das warme weiche Kissen sinken.

Du denkst bei jedem ausatmen an deine innere Spannung.-

Stell dir vor du löst einen Knoten auf und atmest alles was du nicht länger gebrauchen kannst aus.

Du hörst um dich herum das summen und brummen und die Vögel und spürst die Sonne auf deiner Haut.

Alles ist ganz leicht und frei und um dich herum ist tiefe Ruhe.

Genieße diesen Moment und koste ihn ganz aus.

Beim nächsten ausatmen hebst du ein Bein an, der Fuß zeigt zur Decke, du atmest ein und beim nächsten ausatmen kreist dein Fuß einen kleinen Melonengroßen Kreis. Du atmest ein, beim nächsten ausatmen, denkst du an deine innere Spannung und stellst den Fuß zurück in die Ausgangsposition. **(One Leg Circle)**

Du wiederholst das ganze abwechselnd mit dem rechten und dem linken Fuß, ganz in deinem Rhythmus, auf jeder Seite 4 Mal.

Du atmest ein und entspannst dich ganz, liegst auf deiner Wiese und hörst die Vögel zwitschern und den Bach gurgeln. Du atmest aus und baust deine innere Spannung erneut auf.

Du atmest ein und beim nächsten ausatmen, hebst du dein Becken, Wirbel für Wirbel ab, versuche deine innere Spannung zu halten und trotzdem den Po locker zu lassen. Du atmest oben ein hälst dich in der Position und beim ausatmen senkst du langsam und Wirbel für Wirbel den Körper wieder ab. **(Pelvic Curl).**

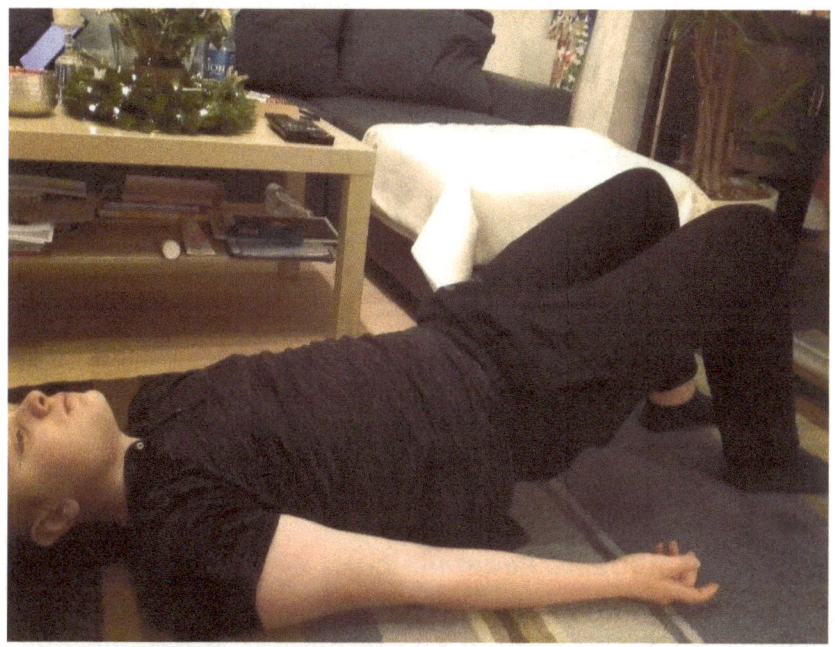

Wiederhole dies noch 7 Mal.

Atme ein und wieder aus und gehe in Gedanken wieder ganz auf deine Wiese, horch was die Vögel zwitschern und rieche das frische grüne Gras, dann atmest du ein, und beim ausatmen, baust du erneut deine innere Spannung auf.

Du atmest ein, mit der nächsten Ausatmung achtest du auf deine innere Spannung und hebst beide Arme zur Decke – Fingerspitzen zeigen zur Decke, die Schultern liegen noch fest auf dem Boden. Du atmest ein, beim nächsten ausatmen legst du einen Arm über deinem Kopf ab. Atme ein und führe den Arm zurück nach oben. Du wiederholst das nun mit dem anderen Arm und dann in deinem Rhythmus abwechselnd rechts und links, so das du jeweils 4 Wiederholungen mit jedem Arm machst. Atme dann aus und lege beide Arme seitlich von Dir ab. **(Armbogen; gegengleich).**

Atme ein und löse deine Spannung auf, die Beine bleiben angewinkelt stehen, die Arme liegen seitlich von deinem Körper und du fühlst dich wie ein Kind auf einer Frühlingswiese, ausgelassen und frisch und klar.

Nun drehst du beim nächsten ausatmen den Kopf nach links und lässt gleichzeitig die Beine gewinkelt nach rechts fallen. Beim einatmen kehrst du zurück in die Ausgangslage. Wiederhole das in deinem Tempo 8 Mal.

Beim ausatmen streckst du dich aus und reckst dich. Stelle dir in Gedanken vor, du hörst auf der Wiese einen Bach plätschern, die Vögel zwitschern und die Hummeln summen.

Dein Körper fühlt sich kräftig und stark an und die Sonne hat dich angenehm aufgewärmt.

Dann gehst du allmählich zu deinen Füßen und fängst an diese etwas zu bewegen, wenn du irgendwo noch Spannung oder Schmerz spürst, atmest du ganz bewusst ein und löst gedanklich einen Knoten auf und atmest dann ganz laut und bewusst aus.

Allmählich gehst du weiter nach oben zu den Waden und Oberschenkeln spannst diese an, Atmest bewusst dort hin und lässst alle Spannung los und atmest und schnaufst alles raus.

Du gehst weiter zum Becken, Hüfte unterer Rücken, spannst alles etwas an, atmest ganz tief ein und lässt dann alles wieder raus, atmest aus.

Geh weiter hoch zum Brustkorb und atme dort tief ein, mach deine Rippen ganz weit und wo noch Spannung ist lass diese los, schnaufe alles raus.

Du gehst weiter nach oben zu den Schultern und Armen, nimmst etwas Spannung in deine Muskeln und atmest tief ein, hälst kurz die Luft und dann lässt du alle Luft los, atmest aus.

Nun bist du am Kopf angekommen, du nimmst deine Hände und reibst um deine Ohren herum schneidest eine Grimasse und öffnest langsam deine Augen.

Geniesse die tiefe Entspannung noch einen Moment und komm dann in deinem eignen Tempo hoch und mach dich bereit wieder in deinen Alltag zurück zu gehen!

Sommer

Konzentriere dich zunächst auf deine Atmung.

Atme tief ein und halte dann die Luft an (zähle bis 4 -5-6-7 oder 8)

Atme langsam gegen die Lippenbremse aus, wenn alle Luft aus der Lunge entwichen ist

Halte erneut die Luft an (zähle erneut bis 4-5-6-7- oder 8).

Atme wieder ein und mache 3-4- normale Atemzüge und wiederhole alles noch 2-3 Mal.

Danach lass deinen Atem kommen und gehen.

Richte dich auf deiner Unterlage aus, du liegst auf dem Rücken, die Füße sind auf dem Boden, die Knie zeigen zur Decke, zwischen die Füße und die Knie passt ein kleiner Ball.

Du schaukelst nun dein Becken vor und zurück, stell dir vor, dort ist eine Schale mit Wasser, du wiegst das Wasser sanft hin und her ohne es zu verschütten.

Deine Schulterblätter liegen auf dem Boden, zieh sie weit weg von den Ohren, breite deine Arme aus und lasse deine Hände zur Decke zeigen.

Stell dir vor am Scheitel hast du einen Faden dort zieht jemand nun sanft und deine Halswirbelsäule streckt sich etwas.

Atme ein, beim Ausatmen schließt du sanft alle Körperöffnungen und ziehst deinen Bauchnabel nach innen.

Versuche nun diese Spannung zu halten und atme erneut ein. Beim ausatmen schließt du alle Körperöffnungen und der Bauchnabel zieht nach innen.

Schließe nun deine Augen und gehe auf eine Innere Reise....

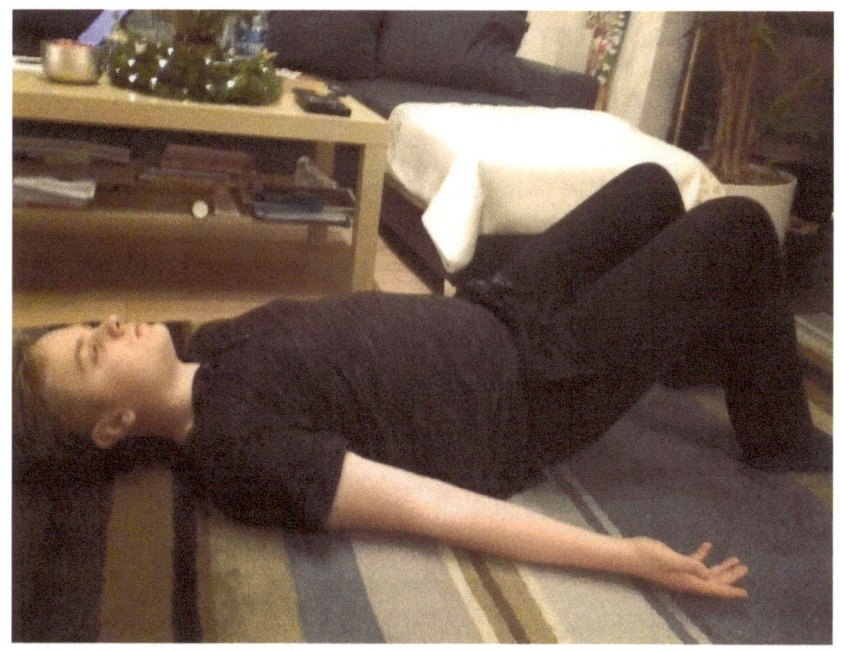

Stell dir vor du bist an einem langen Strand, es ist angenehm warm und du legst dich in den Sand, sofort spürst
du wie dein Körper in den warmen, weichen Sand sinkt.

Alle Gedanken und Sorgen sind gleichgültig.

Alle Geräusche sind gleichgültig.

Du hörst nur die Möwen wie sie kreischen und lachen,
hörst die Wellen, wie sie kommen und gehen.

Genauso fließt dein Atem, er kommt und geht wie die Wellen.

Alle Gedanken und Sorgen lässt du vorbeiziehen, wie die Wolken am Horizont vorbei ziehen.

Du riechst die salzige Luft und spürst die Sonne ganz angenehm auf deiner Haut.

Du atmest ein und beim ausatmen schließt du wieder die Körperöffnungen und ziehst den Bauchnabel nach innen. Du hälst diese Grundspannung.

Die Sonne scheint angenehm warm auf deine Haut und du spürst wie sich die Wärme in deinem Körper ausbreitet. Du atmest und hälst deine innere Spannung.

Bis in deine Fingerspitzen und Fußzehen breitet sich die Wärme angenehm aus.

Alle Gedanken und alle Sorgen sind Gleichgültig.

Du bist angenehm warm und angenehm schwer.

Mit jedem Ausatmen lässt du jedes Mal Gedanken die dich noch stören oder Geräusche die dich ablenken los.

Dein Körper fühlt sich angenehm warm und angenehm weich an.

Mit jedem Ausatmen lässt du dich immer tiefer in den warmen weichen Sand sinken.

Du denkst bei jedem ausatmen an deine innere Spannung.-

Stell dir vor du löst einen Knoten auf und atmest alles was du nicht länger gebrauchen kannst aus.

Du hörst um dich herum das Rauschen der Wellen und die Möwen und spürst die Sonne auf deiner Haut.

Alles ist ganz leicht und frei und um dich herum ist tiefe Ruhe.

Genieße diesen Moment und koste ihn ganz aus.

Mache dich nun bereit, beim nächsten ausatmen hebst du beide Füße in die Table Top Position. Behalte deine innere Spannung. Atme ein und beim ausatmen hebst du deine Hände, deine Finger zeigen zur Decke, deine Schultern liegen auf dem Boden auf.

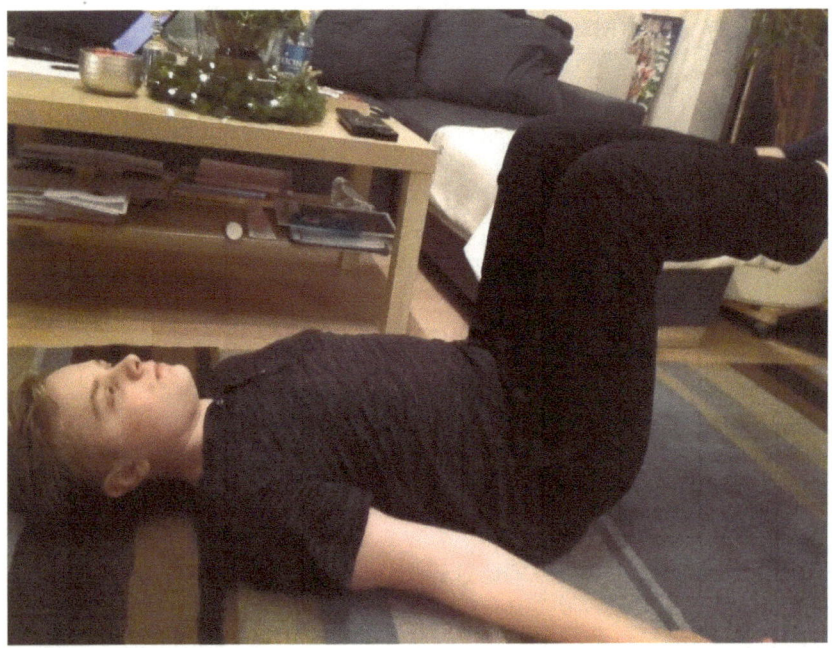

Beim Ausatmen hebst du nun das linke Bein und streckst es schräg zur Decke (45 Grad Winkel zum Boden), gleichzeitig führst du den rechten Arm zum linken Knie. Dein restlicher Körper bleibt fest , deine Schultern liegen am Boden und dein Becken bleibt stabil. Beim Einatmen alles zurück in die Ausgangsposition. Beim ausatmen hebst du nun das rechte Bein und streckst es schräg zur Decke (45 Grad Winkel zum Boden), gleichzeitig führst du den linken Arm zum rechten Knie. Dein restlicher Körper bleibt unbewegt , deine Schultern liegen am Boden und dein Becken bleibt stabil. Beim Einatmen alles zurück in die Ausgangsposition. Wiederhole dies nun auf jeder Seite noch drei Mail. **(Criss Cross)**

Wiederhole das ganze in deinem Tempo noch sechs Mal.

Senke deine Beine und stelle deine Füße auf.

Beim Einatmen löst du deine innere Spannung und liegst wieder im warmen und weichen Sand, spürst die Sonne auf deiner Haut und eine tiefe Ruhe und Gelassenheit macht sich in dir breit. Beim ausatmen baust du deine innere Spannung wieder auf.

Deine Füße stehen auf dem Boden, die Knie zeigen zur Decke, deine Arme liegen neben deinem Körper. Hebe nun dein rechtes Bein im rechten Winkel an (Table Top Position).

Du atmest ein und beim nächsten ausatmen, hebst du dein Becken, Wirbel für Wirbel ab, versuche deine innere Spannung zu halten und trotzdem den Po locker zu lassen, dein rechtes Bein bleibt unbewegt. Du atmest oben ein hälst dich in der Position und beim ausatmen senkst du langsam und Wirbel für Wirbel den Körper und das rechte Bein wieder ab. Atme ein und beim Ausatmen hebst du das linke Bein in die Table Top Position, atme ein und halte das Bein und beim nächsten Ausatmen hebst du dein Becken Wirbel für Wirbel vom Boden und hälst dein linkes Bein unbewegt in der Table Top Position. Beim Einatmen halten, beim Ausatmen wieder absenken. **(Bridging mit Beinvariante).**

Wiederhole dies noch 7 Mal.

Dann strecke diene Arme beim nächsten ausatmen seitlich vom Körper aus. Atme ein.

Beim nächsten ausatmen lässt du deine Knie nach links fallen und gleichzeitig deinen Kopf nach rechts. Atme ein und genieße die Dehnung. Atme aus und komme zurück zur Mitte. Atme ein. Beim nächsten ausatmen lässt du die Beine nach rechts fallen und den Kopf gleichzeitig nach links. Atme ein und genieße die Dehnung, atme aus und kehre zurück. Wiederhole das in deinem Tempo noch sechsmal.

Beim nächsten Ausatmen streckst du deine Beine aus und streckst deine Arme hinter deinen Kopf.

Dein Körper fühlt sich kräftig und stark an und die Sonne hat dich angenehm aufgewärmt.

Dann gehst du allmählich in Gedanken zu deinen Füßen und fängst an diese etwas zu bewegen, wenn du irgendwo noch Spannung oder Schmerz spürst, atmest du ganz bewusst ein und löst gedanklich einen Knoten auf und atmest dann ganz laut und bewusst aus.

Allmählich gehst du weiter nach oben zu den Waden und Oberschenkeln spannst diese an, Atmest bewusst dort hin und lässt alle Spannung los und atmest und schnaufst alles raus.

Du gehst weiter zum Becken, Hüfte unterer Rücken, spannst alles etwas an, atmest ganz tief ein und lässt dann alles wieder los, atmest aus.

Geh weiter hoch zum Brustkorb und atme dort tief ein, mach deine Rippen ganz weit und wo noch Spannung ist lass diese los, schnaufe alles raus.

Du gehst weiter nach oben zu den Schultern und Armen, nimmst etwas Spannung in deine Muskeln und atmest tief ein, halte kurz die Luft und dann lässt du alle Luft los, atmest aus.

Nun bist du am Kopf angekommen, du nimmst deine Hände und reibst um deine Ohren herum schneidest eine Grimasse und öffnest langsam deine Augen.

Geniesse die tiefe Entspannung noch einen Moment und komm dann in deinem eignen Tempo hoch und mach dich bereit wieder in deinen Alltag zurück zu gehen!

Herbst

Konzentriere dich zunächst auf deine Atmung.

Atme tief ein und halte dann die Luft an (zähle bis 4 -5- 6-7 oder 8)

Atme langsam gegen die Lippenbremse aus, wenn alle Luft aus der Lunge entwichen ist

Halte erneut die Luft an (zähle erneut bis 4-5-6-7- oder 8).

Atme wieder ein und mache 3-4- normale Atemzüge und wiederhole alles noch 2-3 Mal.

Danach lass deinen Atem kommen und gehen.

Du sitzt auf deiner Unterlage, wenn du Beschwerden im unteren Rücken hast, setze dich auf ein Yoga Kissen oder Keilkissen. Strecke die Beine nach schräg vorne aus. Richte dich auf und spüre deine Sitzbeinhöcker. Setz dich bewusst einmal hinter die Sitzbeinhöcker, und ganz bewusst einmal ins Hohlkreuz finde deine Position dazwischen und richte dich auf, ziehe die Schultern Richtung Hosentasche mache deinen Hals lang und lass den Abstand zwischen Ohren und Schultern groß werden.

Stell dir vor am Scheitel hast du einen Faden dort zieht jemand nun sanft und deine Halswirbelsäule streckt sich etwas.

Atme ein, beim Ausatmen schließt du sanft alle Körperöffnungen und ziehst deinen Bauchnabel nach innen.

Versuche nun diese Spannung zu halten und atme erneut ein. Beim ausatmen schließt du alle Körperöffnungen und der Bauchnabel zieht nach innen.

Schließe nun deine Augen und gehe auf eine Innere Reise....

Stell dir vor du bist auf einer Waldwiese und sitzt dort auf einer Holzbank. Du hast eine warme und weiche Unterlage dabei, Du spürst wie du ganz bequem in das warme und weiche einsinkst.

Alle Gedanken und Sorgen sind gleichgültig.

Alle Geräusche sind gleichgültig.

Du riechst die erdige Luft, es ist Herbst und alle Blätter leuchten in bunten Farben. Die ersten Blätter fallen bereits vom Baum, Es riecht nach Moos und Pilzen. Du beobachtest wie die Blätter vom Baum fallen und die goldene Sonne durch die restlichen Blätter fällt. Du atmest ein und beim ausatmen schließt du wieder die Körperöffnungen und ziehst den Bauchnabel nach innen. Du hälst diese Grundspannung.

Die Herbstsonne scheint angenehm warm auf deine Haut und du spürst wie sich die Wärme in deinem Körper ausbreitet. Du atmest und hälst deine innere Spannung.

Bis in deine Fingerspitzen und Fußzehen breitet sich die Wärme angenehm aus.

Alle Gedanken und alle Sorgen sind Gleichgültig.

Du bist angenehm warm und angenehm schwer.

Mit jedem Ausatmen lässt du jedes Mal Gedanken die dich noch stören oder Geräusche die dich ablenken los.

Dein Körper fühlt sich angenehm warm und angenehm weich an.

Mit jedem Einatmen lässt du dich immer tiefer in das warme weiche Kissen sinken.

Du denkst bei jedem ausatmen an deine innere Spannung.-

Stell dir vor du löst einen Knoten auf und atmest alles was du nicht länger gebrauchen kannst aus.

Du hörst um dich herum das leise rascheln der Blätter und riechst die würzige und erdige Luft und spürst die Sonne auf deiner Haut.

Alles ist ganz leicht und frei und um dich herum ist tiefe Ruhe.

Genieße diesen Moment und koste ihn ganz aus.

Dann rollst du beim nächsten ausatmen langsam deinen oberen Rücken, Wirbel für Wirbel zusammen und nimmst langsam deine Hände nach vorne, so als ob du einen dicken Baum umarmtest, ganz zum Schluss senkst du deinen Kopf und bist nun im oberen Rücken ganz rund, Dein Becken bleibt unverändert, du sitzt nach wie vor auf deinen Sitzbeinen. Beim Einatmen komme langsam wieder hoch und senke die Arme. Wiederhole das ganze in deinem Tempo noch sieben Mal. **(Spine Stretch Forward)**

Du atmest ein und beim ausatmen denkst du an deine innere Spannung.

Beim ausatmen dreht sich dein Oberkörper mit auf Schulterhöhe erhobenen Armen nach rechts. Die Wirbelsäule bleibt dabei aufgerichtet und gerade, lasse lieber deine Bewegung ganz klein sein. Beim einatmen drehst du dich zur Mitte zurück. Beim nächsten ausatmen drehst du dich nach links. Beim einatmen wieder zur Mitte. Wiederhole das nun noch drei Mal zu jeder Seite, ganz in deinem Rhythmus. **(Spine Twist).**

Du atmest ein und beim ausatmen zentrierst du dich und denkst wieder an deine innere Spannung.

Du breitest die Arme neben dir aus, die Fingerspitzen berühren den Boden, als ob du dich leicht auf deine Fingerspitzen stützen würdest.

Nun stellst du die Beine an, Füße stehen auf dem Boden, die Knie zeigen zur Decke.

Beim nächsten ausatmen, hebst du den linken Arm über den Kopf, der Arm wieder lang aus dem Schultergelenk, aber die Schulterblätter bleiben tief und sind weit weg von deinen Ohren, du ziehst den Arm ganz leicht nach rechts über den Kopf, dein rechter Ellenbogen knickt sanft ein, gleichzeitig lässt du deine Knie ganz leicht nach links zur Seite fallen. Du atmest ein und kommst zur Ausgangsstellung zurück. Beim ausatmen hebst du den rechten Arm über den Kopf, der Arm wieder lang aus dem Schultergelenk, aber die Schulterblätter bleiben tief und sind weit weg von deinen Ohren, du ziehst den Arm ganz leicht nach links über den Kopf, dein linker Ellenbogen knickt sanft ein, gleichzeitig lässt du beide Knie ganz leicht nach rechts zur Seite fallen. **(Can Can und Mermaid).**

Du atmest ein und kehrst zur Mitte zurück. Wiederhole jede Seite noch drei Mal in deinem Tempo.

Beim ausatmen streckst du dich in die Rückenlage aus und spürst eine tiefe Ruhe in dir, die Blätter fallen beständig weiter und in dir ist eine tiefe Ruhe und eine Gelassenheit. Du lässt alles störende genauso abfallen, wie die Blätter nieder rieseln.

Dein Körper fühlt sich kräftig und stark an und die Sonne hat dich angenehm aufgewärmt.

Dann gehst du allmählich zu deinen Füßen und fängst an diese etwas zu bewegen, wenn du irgendwo noch Spannung oder Schmerz spürst, atmest du ganz bewusst ein und löst gedanklich einen Knoten auf und atmest dann ganz laut und bewusst aus.

Allmählich gehst du weiter nach oben zu den Waden und Oberschenkeln spannst diese an, Atmest bewusst dort hin und lässt alle Spannung los und atmest und schnaufst alles raus.

Du gehst weiter zum Becken, Hüfte unterer Rücken, spannst alles etwas an, atmest ganz tief ein und lässt dann alles wieder raus, atmest aus.

Geh weiter hoch zum Brustkorb und atme dort tief ein, mach deine Rippen ganz weit und wo noch Spannung ist lass diese los, schnaufe alles raus.

Du gehst weiter nach oben zu den Schultern und Armen, nimmst etwas Spannung in deine Muskeln und atmest tief ein, halte kurz die Luft und dann lässt du alle Luft los, atmest aus.

Nun bist du am Kopf angekommen, du nimmst deine Hände und reibst um deine Ohren herum schneidest eine Grimasse und öffnest langsam deine Augen.

Genieße die tiefe Entspannung noch einen Moment und komm dann in deinem eignen Tempo hoch und mach dich bereit wieder in deinen Alltag zurück zu gehen!

Winter

Konzentriere dich zunächst auf deine Atmung.

Atme tief ein und halte dann die Luft an (zähle bis 4 -5-6-7 oder 8)

Atme langsam gegen die Lippenbremse aus, wenn alle Luft aus der Lunge entwichen ist

Halte erneut die Luft an (zähle erneut bis 4-5-6-7- oder 8).

Atme wieder ein und mache 3-4- normale Atemzüge und wiederhole alles noch 2-3 Mal.

Danach lass deinen Atem kommen und gehen.

Stell dir vor am Scheitel hast du einen Faden dort zieht jemand nun sanft und deine Halswirbelsäule streckt sich etwas.

Atme ein, beim Ausatmen schließt du sanft alle Körperöffnungen und ziehst deinen Bauchnabel nach innen.

Versuche nun diese Spannung zu halten und atme erneut ein. Beim ausatmen schließt du alle Körperöffnungen und der Bauchnabel zieht nach innen.

Schließe nun deine Augen und gehe auf eine Innere Reise....

Stell dir vor du bist in einer Blockhütte, stehst neben einem Kamin und schaust durch ein großes Fenster hinaus auf eine Winterlandschaft.

Du stehst auf einer kuscheligen Decke und sinkst weich in sie ein. Du spürst deine Füße, wiegst dich nach vorne und hinten und pendelst hin und her, spürst wie gut deine Füße dich tragen und schaust durch das Fenster in die Ferne.

Das Feuer riecht würzig und prasselt gemütlich, du hast einen warmen Saft neben dir und fühlst dich geborgen und wohlig.

Alle Gedanken und Sorgen sind gleichgültig.

Alle Geräusche sind gleichgültig.

Du hörst nur das prasseln des Feuers und riechst die würzige Luft, bist ganz durchgewärmt und schaust auf die Schneelandschaft, die Natur hat jetzt eine Ruhepause, es gibt nichts zu tun und Pflanzen und Tiere sammeln ihre Kräfte.

Das Feuer scheint warm und du spürst diese Wärme auf deinem Gesicht und deiner Haut.

Du atmest ein und beim ausatmen schließt du wieder die Körperöffnungen und ziehst den Bauchnabel nach innen. Du hälst diese Grundspannung.

Das Feuer scheint angenehm warm auf deine Haut und du spürst wie sich die Wärme in deinem Körper ausbreitet. Du atmest und hälst deine innere Spannung.

Bis in deine Fingerspitzen und Fußzehen breitet sich die Wärme angenehm aus.

Alle Gedanken und alle Sorgen sind Gleichgültig.

Du bist angenehm warm und angenehm schwer.

Mit jedem Ausatmen lässt du jedes Mal Gedanken die dich noch stören oder Geräusche die dich ablenken los.

Dein Körper fühlt sich angenehm warm und angenehm weich an.

Mit jedem Ausatmen lässt du dich immer tiefer mit deinen Füßen in die warme und weiche Decke sinken, deine Füße sind angenehm warm und fühlen sich weich und beweglich an. Beim nächsten ausatmen, baust du deine innere Spannung auf, du verlagerst dein Gewicht auf das rechte Bein und dann hebst du deinen linken Fuß ab. Du atmest ein und halte den Fuß in der Luft. Atmest aus und senkst den Fuß zum Boden. Beim Einatmen verlagerst du das Gewicht auf das linke Bein und beim Ausatmen, innere Spannung aufbauen, den rechten Fuß abheben und in der Luft halten, einatmen. Beim ausatmen absenken.

Du wiederholst die Übung noch sechs Mal.

Du denkst bei jedem ausatmen an deine innere Spannung.-

Nun rollst du bei der nächsten Ausatmung, deine Wirbelsäule vom Kopf an über die Brustwirbelsäule nach unten bis du vornüber gebeugt hängst. Atme ein und halte und beim nächsten Ausatmen beugst du deine Wirbelsäule weiter bis deine Hände den Boden berühren. **(Roll Down)**

Atme ein und halte diese Position. Beim nächsten Ausatmen laufe mit den Händen nach vorne. Atme ein und
halte diese Position. Atme aus und senke nun deine
Beine in den Vierfüßler Stand ab. Atme ein und beim
Ausatmen hebst du nur deine Knie ab, so das eine

Schneeballgroße Kugel dazwischen passt. Beim Einatmen, senke deine Knie ab. **(High Knee).**

Beim ausatmen strecke gleichzeitig das linke Bein und den rechten Arm bis knapp über dem Boden. Atme ein und Halte. Atme aus und kehre zurück in den Vierfüßler Stand. Wiederhole die Übung noch sieben Mal in deinem Tempo. **(Vierfüßler mit diagonaler Arm/Bein Bewegung)**

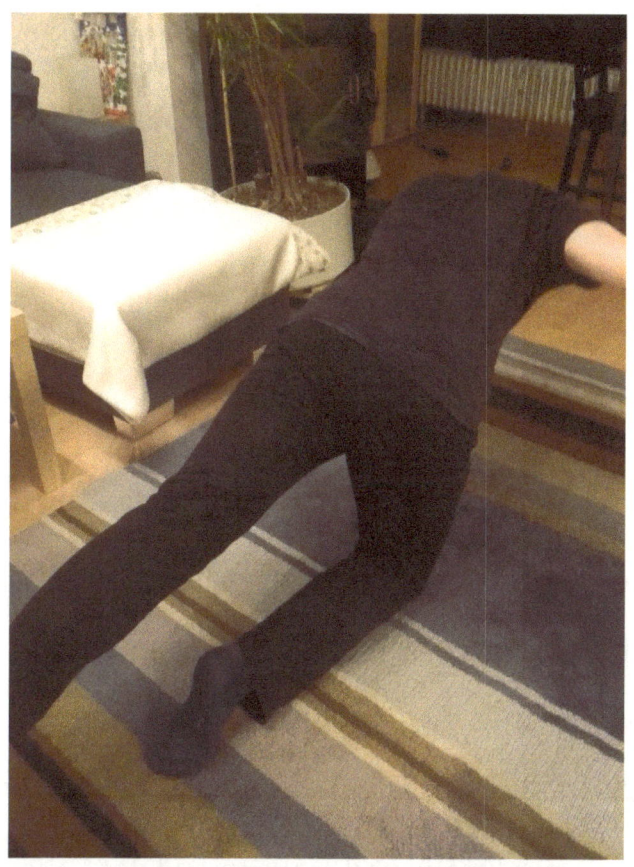

Beim Ausatmen streckst du deine Knie wieder durch und laufe mit den Händen zurück in Richtung Füße. Beim Einatmen, halte die Spannung in dieser Position, Beim ausatmen rollst du dich langsam wieder Wirbel für Wirbel auf, bis du vornüber hängst. Atme ein und halte diese

Position, atme aus und rolle dich weiter auf bis zum Stehen!

Du hörst um dich herum das prasseln des Feuers und spürst die Wärme auf deiner Haut.

Alles ist ganz leicht und frei und um dich herum ist tiefe Ruhe.

Genieße diesen Moment und koste ihn ganz aus.

Beim ausatmen streckst du dich und reckst dich. Das Feuer hat dich angenehm aufgewärmt und der Anblick der ruhigen Winterlandschaft hat dich innerlich ganz ruhig und klar gemacht.

Dein Körper fühlt sich kräftig und stark an und das Feuer hat dich angenehm aufgewärmt.

Dann gehst du allmählich zu deinen Füßen und fängst an diese etwas zu bewegen, wenn du irgendwo noch Spannung oder Schmerz spürst, atmest du ganz bewusst ein und löst gedanklich einen Knoten auf und atmest dann ganz laut und bewusst aus.

Allmählich gehst du weiter nach oben zu den Waden und Oberschenkeln spannst diese an, Atmest bewusst dort hin und lässt alle Spannung los und atmest und schnaufst alles raus.

Du gehst weiter zum Becken, Hüfte unterer Rücken, spannst alles etwas an, atmest ganz tief ein und lässt dann alles wieder raus, atmest aus.

Geh weiter hoch zum Brustkorb und atme dort tief ein, mach deine Rippen ganz weit und wo noch Spannung ist lass diese los, schnaufe alles raus.

Du gehst weiter nach oben zu den Schultern und Armen, nimmst etwas Spannung in deine Muskeln und atmest tief ein, halte kurz die Luft und dann lässt du alle Luft los, atmest aus.

Nun bist du am Kopf angekommen, du nimmst deine Hände und reibst um deine Ohren herum schneidest eine Grimasse und öffnest langsam deine Augen.

Genieße die tiefe Entspannung noch einen Moment und komm dann in deinem eignen Tempo hoch und mach dich bereit wieder in deinen Alltag zurück zu gehen!

AUTORENINFORMATION

Informationen und Kontakt

SABINE PITSCHULA

KUNSTTHERAPEUTIN

UND REHASPORTLEH-

RERIN

Tel. 0176 53566691

Merlin2138@googlemail.com

Sabine Pitschula; *1967;

Beruf Kunsttherapeutin/ Rehasport und Pilates- Lehrerin in Krankenhäusern und Physiotherapie Praxen.

Ich leidet seit 2009/2010 selbst an mehreren seltenen Autoimmunerkrankungen die mir die Ausübung von Beruf und Hobby teilweise unmöglich machen.

Eine davon ist eine Muskelerkrankung.

Myasthenia Gravis...kurz Myasthenie oder MG---oder auch Onassis Krankheit....

Das ist eine autoimmune Erkrankung wo der Körper beginnt gegen körpereigene Stoffe - Gegenstoffe - sogenannte Antikörper zu bilden. Diese stören dann Organbestandteile in ihrer Funktion und zerstören diese irgendwann ganz.

Bei der Myasthenie, die zu den neuroimmunologischen Muskelerkrankungen zählt, produziert der Körper Antikörper gegen Bindungsstellen an der Kontaktstelle zwischen Muskel und Nerv. Das führt dazu, dass der Nervenimpuls nicht mehr durch eine ausreichende Muskelkontraktion beantwortet wird.

Diese Erkrankung geht bei den meisten Betroffenen mit Veränderungen an der Thymusdrüse einher, entweder Tumore dieser Drüse oder einer starken Vergrößerung des Gewebes. Diese „entartete" Thymusdrüse stellt dann falsche Immunzellen her, so dass dieser Prozess irreversibel in Gang gesetzt wird.

Es helfen dann nur lebenslange Medikamente, die operative Entfernung dieser Operation (Brustbein wird geöffnet und die Drüse im Ganzen entfernt) sowie Chemotherapie zur Bekämpfung des autoimmunen Prozesses.

In einem Bewegungsberuf und als Reha Sport Lehrerin hat das natürlich ausgesprochen existentielle Folgen.

Da sich bei mir das ganze vorwiegend im Bereich der Mimik Muskulatur, und obere Extremität sowie auch Atmung abspielt fiel es nicht gleich auf. Zumindest zunächst nicht der Umwelt, die mich weiterhin für stark, kompetent und fit hielt. Da ich aber beim Arzt mit meinen Symptomen nicht ernst genommen wurde, verleugnete ich sie zunehmend vor mir selbst und schränkte aber gleichermaßen mein Leben nach und nach immer mehr ein.

Ganz früh fingen die Augen an zu hängen bzw. irgendwie kleiner zu werden, meine Wangen konnte ich beim Lächeln nicht mehr verschmitzt und charmant hochziehen und mein Gesicht sah immer leicht traurig oder sogar mürrisch aus, hinzu kam das ich mich schnell müde und erschöpft fühlte, oft hin fiel und irgendwie (trotz Bewegung und vernünftiger Ernährung und Vitamin D Selen etc) an Gewicht zunahm.

Das führte dann erstmal dazu, dass mir vom Hausarzt nahegelegt wurde zum Psychologen zu gehen..... Hier hatte ich aber selbst gar keinen Leidensdruck... Von meinem Wesen bin ich immer humorvoll, entscheidungsfähig, zupackend und durchweg positiv - eher gutmütig und ausgeglichen.

Wie ich inzwischen weiß und auch Statistiken beweisen, ist es übrigens eine sehr typische Fehldiagnose die gerade bei jungen Frauen dadurch zustande kommt, daß nicht alle sinnvollen und zielführenden Untersuchungen gemacht werden, sondern einfach mal eine Depression vermutet oder diagnostiziert wird.

Auf diese Art werden 60% der Fälle nicht erkannt obgleich zumindest ein Neurologe als eigentlich richtiger Facharzt aufgesucht wurde!

So erging es also auch mir......

Weitere Symptome waren nächtliches erwachen mit Herzrasen, im Schlaflabor zeigte sich, das ich so gut wie keine REM Schlaf Phasen habe. Schlafapnoe wurde aber ausgeschlossen, weil ich dazu nicht oft genug erwachte.

Rückblickend wird nun aber gesagt das daran ja schon ganz deutlich zu sehen war, das eine neurologische Erkrankung – insbesondere eine neuroimmunologische Muskelerkrankung vorliegen könnte 😵

😥.....

Dies führte ganz allmählich, zu einer unglaublich starken Tagesmüdigkeit und zu Konzentrationsmängeln. Abends kamen Doppelbilder hinzu so daß ich (obwohl ich eine Leseratte war, kein Buch mehr lesen wollte).

Ich musste aus meinem sehr aktiven sozialen und beruflichen Leben immer weiter Rückschritte machen.

Ich lies mein wunderschönes langes Haar kürzer schneiden, um pflegeleicht mit wenig Kraft immer einigermaßen ordentlich auszusehen, da ich meine Arme nicht sehr lange hoch halten konnte um mich zu frisieren.

Abends bekam ich eine lallende Sprache oder musste ständig hüsteln und räuspern oder verschluckte mich, beim Essen fing ich an zu schmatzen, was zu manch einem Ehestreit geführt hat.

Da ich aber keinerlei Antikörper (zumindest keinerlei bekannte) nachgewiesen bekam, wurde ich immer wieder von Arzt zu Arzt geschickt.

Allerdings nahm die Anzahl derer zu, die die Myasthenie ernsthaft in Erwägung zogen (Elektrountersuchungen waren deutlich positiv, Medikamententest fielen ebenso deutlich positiv aus, die Symptome und auch die Begleiterkrankungen (seronegative) Hashimoto Thyrioditis und ein systemisches Rheuma die systemische Sklerose bzw. Sklerodemie passten für die Fachleute deutlich in das Bild. Zumal dann ein Thymom gefunden wurde und eine Thymektomie angeraten war.

Nachdem histologisch (nach der Entfernung der Thymusdrüse) alles für die Myasthenia Gravis sprach, bekam ich zunächst ein Medikament was die Symptome lindern sollte indem es insoweit in den Nerven

Muskel Stoffwechsel eingreift, das es die blockierten Kanäle frei macht, damit der Muskel wieder besser arbeiten kann.

Weitgehend funktioniert das auch, allerdings sobald Stress, Infekte oder Operationen hinzukommen, muss ich die Dosis so starkerhöhen, dass ich dann mit starken Nebenwirkungen kämpfe.

Dazu kommt immer die Angst, dass sich durch eine Grippe oder Operation und fehlerhaft verordnete Medikamente die Erkrankung verschlimmert. Dies ist keine eingebildete Angst sondern eine Komplikation dieser Erkrankung und eine Notfallsituation, die immer in einem Krankenhaus und auf einer Intensivstation versorgt werden muss.

Dies nennt man eine myasthene Krise , d.h. ein Zustand derartiger Verschlimmerung bis hin zu Verlust der Atmung oder zu Lähmungen, der Ausgang ist tödlich.

Nach der Operation wo die Thymusdrüse entfernt wurde, kam es natürlich auch zu einer solchen Verschlimmerung.

An einem Tag könnte ich keine Luft mehr bekommen, anders als bei Verschlucken oder Asthma war hier ein ganz existentieller Notfall erreicht.

Ich war plötzlich umringt von vier Ärzten und im Anschluss wurde ich entsprechend notfallmäßig versorgt. Dann saß ich zunächst im Rollstuhl und konnte nur mit Sauerstoff Flasche atmen. Ich musste Atemtraining, Physiotherapie und tägliche Übungen machen um nach zwei Monaten kleine Strecken teilweise mit Stock zu laufen. ☹.

Von einer Marathon Frau stürzte ich in eine Behinderung, dies setzte mir natürlich auch seelisch sehr zu.

Die Tatsache, dass man bei der MG einige Medikamente nicht gut verträgt und diese zu der eben erwähnten myasthenen Krise führen können oder zumindest die Symptome der Erkrankung deutlich und massiv Verschlimmern macht sehr viel Angst, vor allem weil man in Notfällen, wie zB. Autounfall nicht genau weiß ob die Personen die einen betreuen genug Kenntnis von diese Erkrankung haben oder den immer mitgeführten Notfall Ausweis finden. Fast alle Schmerzmittel, die meisten Anti- Depressiva, viele Narkotika oder Beruhigungsmittel sowie Antibiotika sind nicht verträglich mit dieser Erkrankung. Auch einfache Mineralwässer mit zuviel Magnesium oder Chininhaltige Getränke wie Tonic Water oder diverse Alkoholika können Symptome verstärken oder in dies

Art lebensbedrohliche Krise führen.

Viele dieser Medikamente bekam ich aber im Verlaufe der Erkrankung großzügig verordnet, da man mich ja als psychosomatisch bzw. latent depressiv einzuordnen wusste. Glücklicherweise habe ich diese aber entgegen der ärztlichen Verordnung nicht weiter genommen und die betreuenden Ärzte habe ich gleich mit entsorgt.

Ich habe unglaubliches hinter mich gebracht, um mich hier selbst schlau zu machen und mein eigner Experte zu werden.

Die Rückseite dieser Medaille war natürlich, das ich so allmählich ein sehr eigenwilliger Patient wurde und wenn Ärzte Doppeluntersuchungen angeordnet hatten, stand ich auch in einem Krankenhaus, vor einem Professor, dann einfach auf und bin heim gegangen um die fünfte Röntgen Untersuchung in wenigen

Wochen zu umgehen. Leider ist es nach wie vor schwierig das facharztübergreifende Konsiliare und Konferenzen stattfinden (das habe ich nun erst einmal erlebt) um Therapien aufeinander abzustimmen oder Ideen der Ärzte zu sammeln und strukturiert abzuarbeiten.

Hier habe ich allerdings mittlerweile eine tolle Hausärztin, die hier sehr gründlich und besonnen vorgeht und mit mir diese Struktur gemeinsam macht, alles bei sich zusammen laufen lässt und dann sortiert. Sie hat mit mir ein Team von Behandlern gefunden, die meine Erkrankungen sehr gut verstehen, menschlich zugewandt genug sind um eine tragfähige Vertrauensbasis zu entwickeln und das alles trotz Kassensystem, was solch engagierte Mediziner nicht immer entsprechend entlohnt.

Leider ist nach wie vor das Thema, das zwei meiner Erkrankungen unheilbare und tödlich verlaufende Erkrankungen sind und sie zu den seltenen Erkrankungen gehören, die viele Mediziner nur dunkel aus dem Lehrbuch im Studium kennen. Sozialrechtlich sind sie damit also als schwerwiegende und lebensbedrohliche Erkrankungen einzustufen, und damit wäre eigentlich für die Mediziner eine Grundlage vorhanden, Ausnahmen von Leitlinien zu machen insofern Medikamente zB. nicht vertragen werden oder Hilfsmittel und Heilmittel zu verordnen die außerhalb der üblichen Abläufe verordnet werden können.

In der Realität führt es aber vor allem in Begutachtungssituationen dazu, das man immer wieder Beweise führen muss und erneute Begutachtungen und Doppeluntersuchungen über sich ergehen lassen muss, um Rechtsansprüche durchzusetzen. Das ist kraftraubend.

Gemein ist das natürlich -, schließlich nimmt man bereits alle Kraft zusammen um seelisch aufrecht zu bleiben, ein kleines Maß an Lebensqualität zu behalten und weil man seine Kräfte auch noch in einem gewissen Maß denen schuldet die tagtäglich treu und fest an der Seite stehen (Kinder und Lebenspartner oder Freunde und Familie).

Eine Aberwitzige Geschichte ist das schon, -So gibt die Leitlinie zur Behandlung dieser Erkrankung vor:

Thymektomie (Entfernung der Thymusdrüse); Medikamente zur Symptomlinderung zB. Kalymin/Mestinon; Medikamente zur Verhinderung das der Zerstörungsprozess der Muskeln fortschreitet, z.B. Cortison und Azathriopin.

Hat man allerdings dann trotzdem noch Symptome oder muss gar Verschlechterungen der Erkrankung hinnehmen, ist nach dem SGB V der MDK der KK zuständig und muss prüfen ob das vom zuständigen Neurologen angeregte Medikament (dieser ist hier eigentlich der Spezialist denn er kennt meist die Erkrankung und die Medikamente die wirken gut und hat auch den Patienten meist sehr intensiv und lange betreut) von der KK gezahlt wird. Dieser Arzt des MDK, hat oft genug überhaupt keine Erfahrung mit der Behandlung der Erkrankung- im besten Fall kennt er die Erkrankung aus der Theorie.

Dieser MDK Arzt liest nun die Leitlinien und lehnt dann meist das vom mit der Behandlung der Erkrankung erfahrenem Neurologen angeregte Medikament ab, weil es ja so nicht in den Leitlinien steht

und oft ein innovatives (manchmal noch nicht zugelassen oder nur z.B. für die Krebstherapie zugelassen
und daher teures Medikament ist) (Herr - Lass Hirn
regnen).

Klagt man dann gegen solche Entscheidungen ver-
langt der Richter der erst Recht keinerlei Ahnung
von der Erkrankung hat und sich auf Gutachter ver-
läßt, (zumindest derzeitige Rechtsprechung des Bun-
dessozialgerichtes) - das Forschungsergebnisse vorliegen, die erwarten lassen, das dieses Arzneimittel
nahezu zugelassen werden kann und das die Erkrankung schwerwiegend und/oder lebensbedrohlich ist.

Bei seltenen Erkrankungen gibt es hierzu aber keine
Studien, da zum einen nicht genug Erkrankte durch
Studien erfasst werden können und zum zweiten die
Pharma Industrie überhaupt kein Interesse hat, teure

Medikamente für vereinzelte Kranke auf den Markt zu bringen.

Nicht umsonst heißen diese Art Erkrankungen unter Medizinern "Orphan Diseases".

Darüber hinaus unterläuft begutachtenden Ärzten oft der Denkfehler eine autoimmune Erkrankung die nicht hochaggressiv ist zunächst nicht unter schwerwiegend und lebensbedrohlich zu subsumieren. Zumal diese Patienten meist jung, nicht unterernährt oder offensichtlich bucklig und behindert sind. Während im Falle von Krebs und Herzinfarkt sofort die Lebensbedrohlichkeit und Schwere der Erkrankung zugeordnet wird und der Weg für Therapie und finanzielle Unterstützung rein formal dadurch geebnet wird, müssen im Falle von Myasthenie die erkrankten starke Kämpfe ausfechten, oft genug mit offenem

Ausgang oder sozialen Ungerechtigkeiten weil Teilhaberechte und Anspruchsgrundlagen aus dem SGB nicht umgesetzt werden können.

Im Gegenteil- in deren langatmigen Ausführungen der Gutachter kann man als Patient dann noch lesen, man bilde sich die Schwere der Erkrankung ein, oder „psychosomatisiere" lediglich.

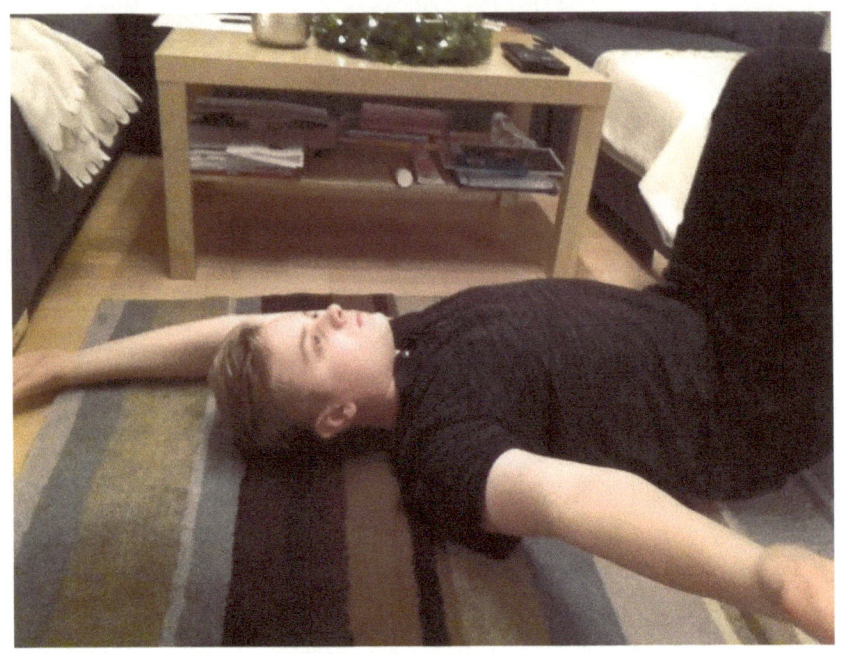

Armkreise

Mermaid und Can Can

Beckenschaukel

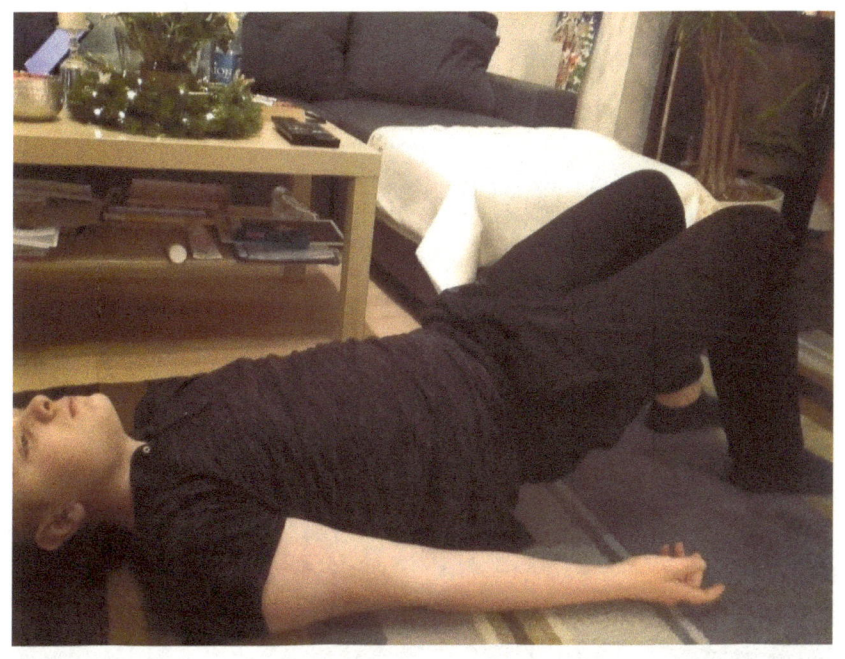

Bridging

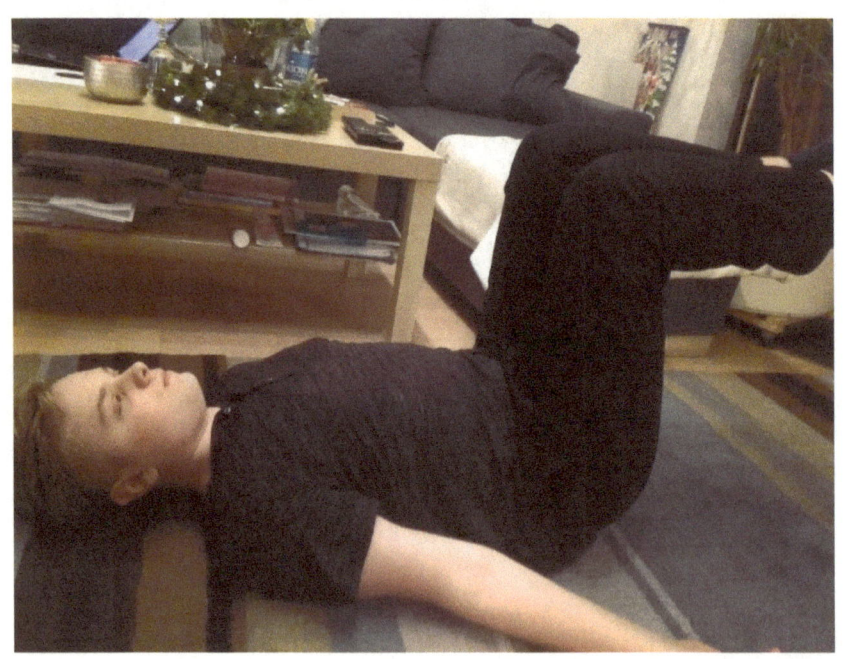

Table Top

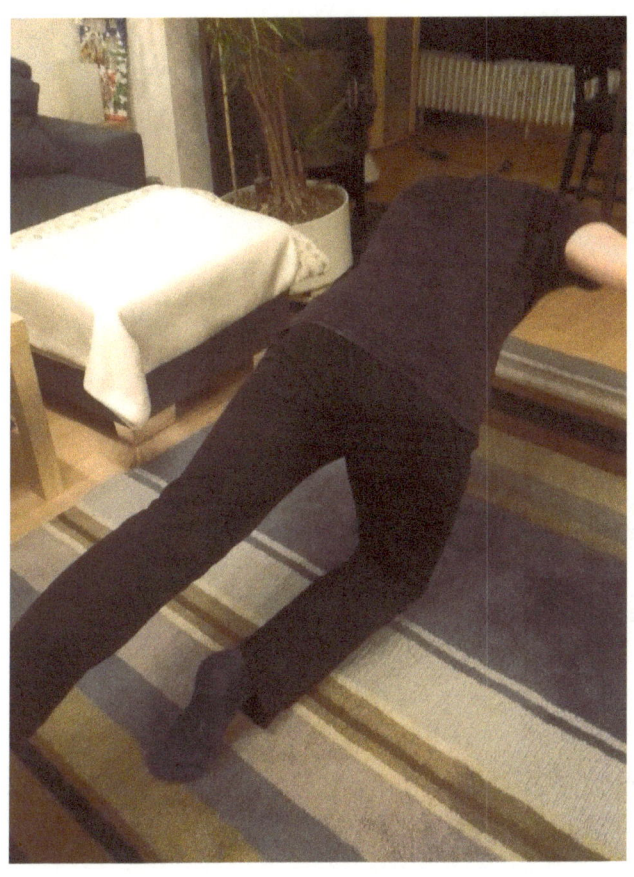

Vierfüßler mit diagonalen Armen

Rolling down

Zeitfracht Medien GmbH
Ferdinand-Jühlke-Straße 7
99095 Erfurt, Deutschland
produktsicherheit@kolibri360.de